J SP DEPA
De Paola, Tomie.
La leyenda de la
flor "el conejo"

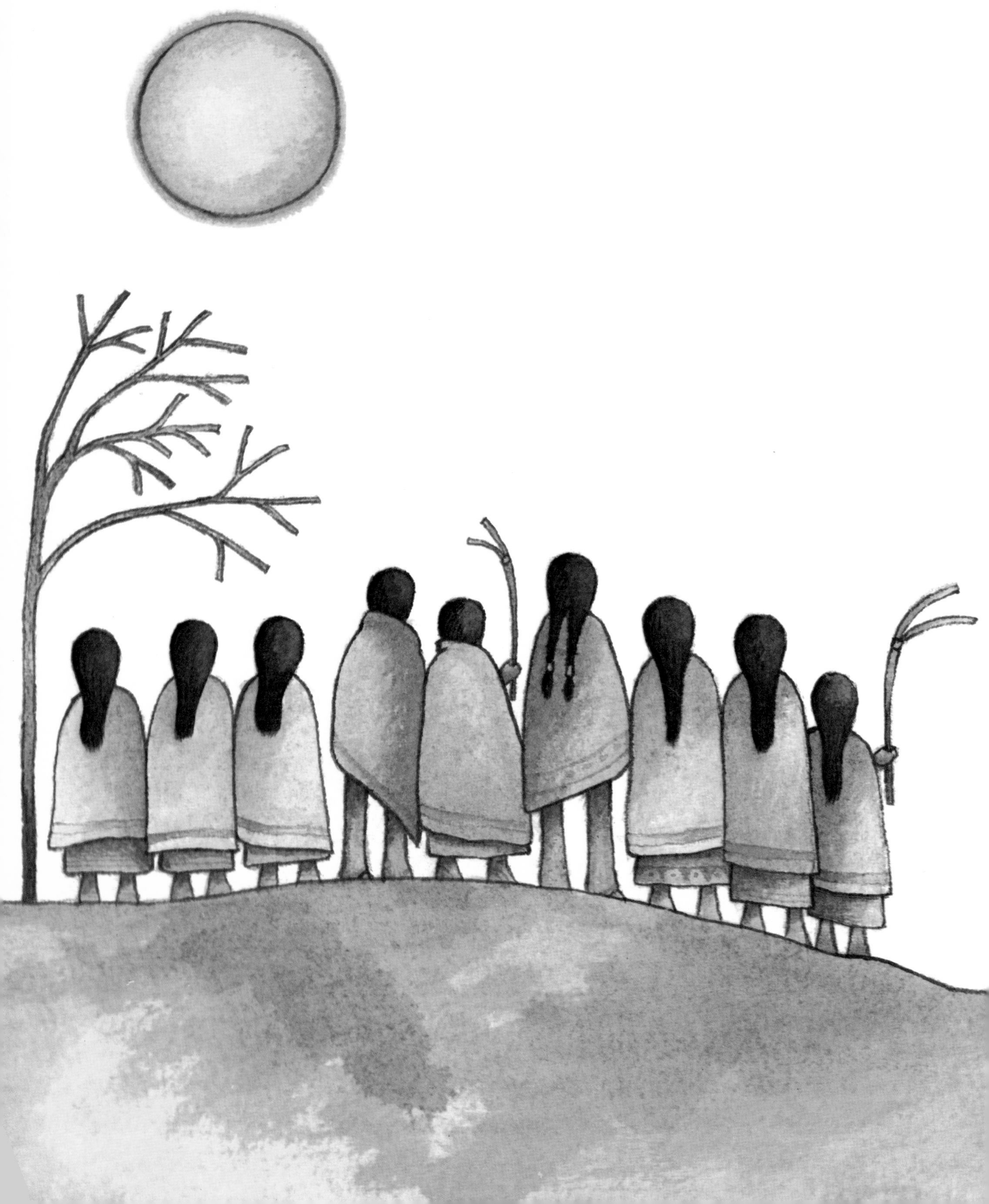

LA LEYENDA DE LA FLOR "EL CONEJO"

UNA ANTIGUA LEYENDA DE TEXAS

RECONTADA E ILUSTRADA POR

TOMIE dePAOLA

The Putnam & Grosset Group

Para MARGARET LOOPER,
quien me interesó por la leyenda.

T.deP.

Printed on recycled paper

Library of Congress Cataloging-in-Publication Data
dePaola, Tomie. The legend of the bluebonnet.
Summary: A retelling of the Comanche Indian legend of how a
little girl's sacrifice brought the flower called bluebonnet to Texas.
[1. Comanche Indians—Legends. 2. Indians of North America—Texas—Legends.]
I. Title.   E99.C85D4   1983   398.2'42'08997   [398.2]   [E]   82-12391
ISBN 0-698-11361-6
1   3   5   7   9   10   8   6   4   2

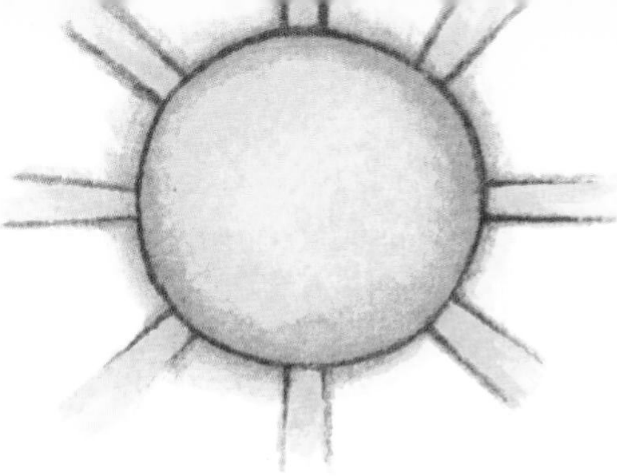

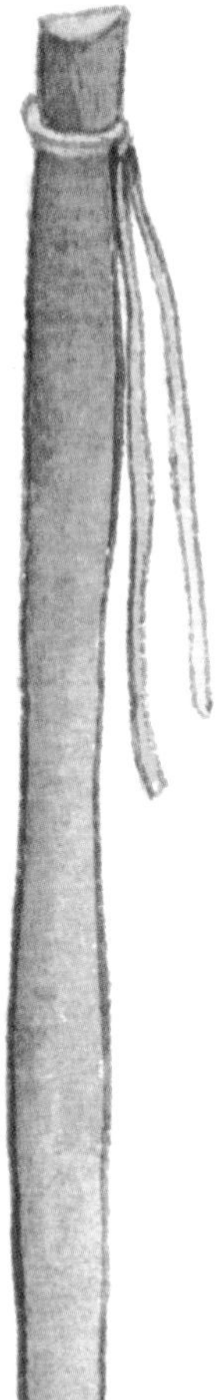

"Grandes Espíritus,
la tierra se muere. Su pueblo también se muere,"
cantaba la larga fila de danzarines.
"Díganos qué hemos hecho para enfurecerlos.
Acaben con esta sequía. Salven su pueblo.
Díganos qué debemos hacer para que nos manden
la lluvia que volverá a traer la vida."

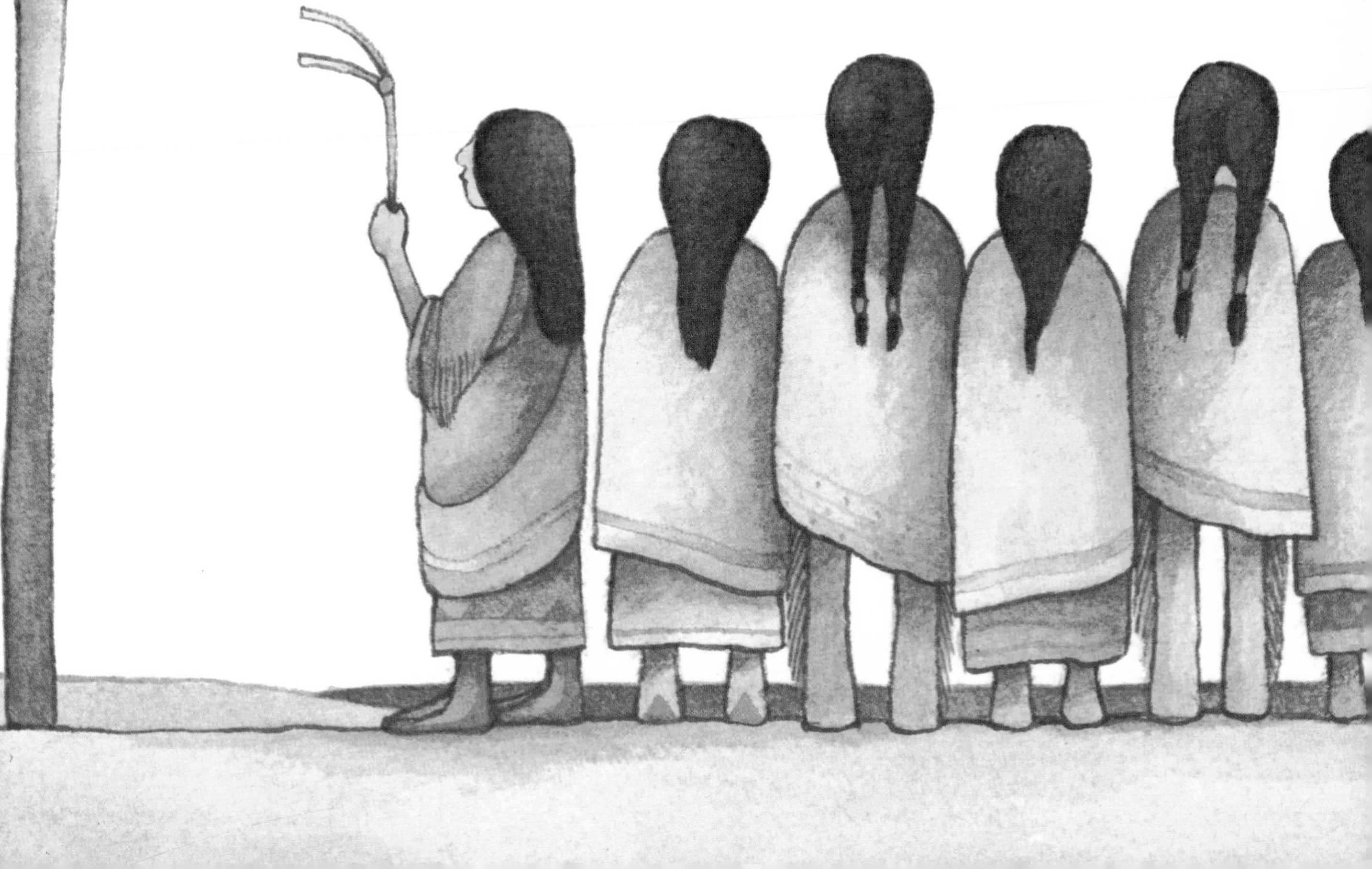

Por tres días,
los danzarines bailaron al son de los tambores,
y por tres días, el pueblo llamado Comanche
veló y esperó.
Y a pesar de que había terminado el duro invierno,
las lluvias salvadoras no llegaron.

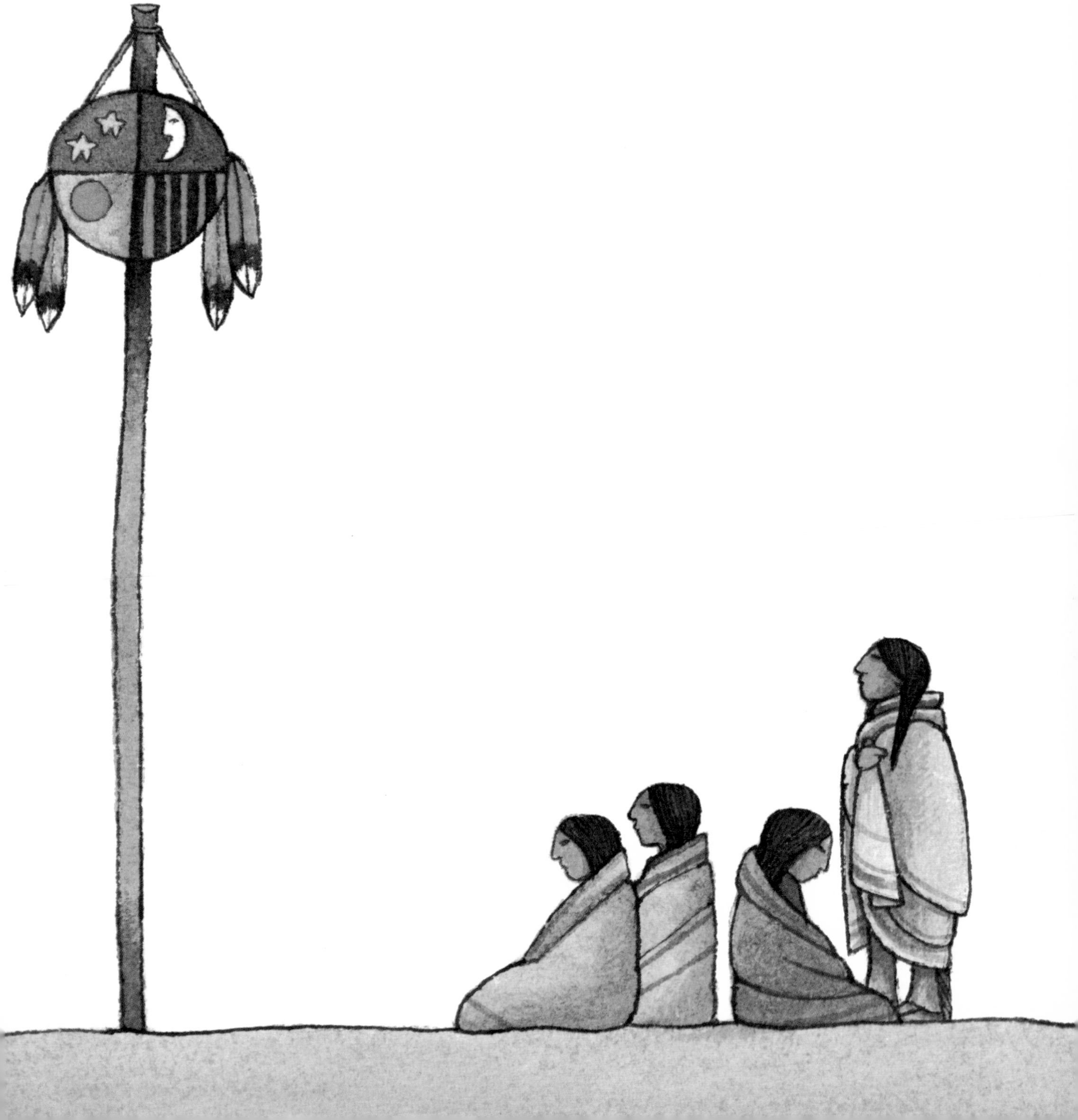

La sequía y el hambre son más duros
para los más jóvenes y los más viejos.

Entre los pocos niños que quedaban
había una pequeña llamada La-muy-sola.
Estaba sentada solita mirando a los danzarines.
Sobre su falda tenía un muñeco hecho de
piel de ante—un muñeco guerrero.
Tenía pintados los ojos, la nariz y la boca con jugo de bayas.
Llevaba pantalones de cuentas y un cinto de hueso lustrado.
Sobre la cabeza llevaba unas plumas de azul brillante
del pájaro llamado azulejo que gime "ey-ey-ey."
La niña quería mucho a su muñeco.

"Muy pronto," dijo La-muy-sola a su muñeco,
"el sacerdote se irá solo a la cima del monte
a escuchar las palabras de los Grandes Espíritus.
Luego, sabremos qué hacer para que las lluvias
regresen y la Tierra vuelva a verdear y vivir.
Habrá mucho búfalo y el Pueblo volverá a ser rico."

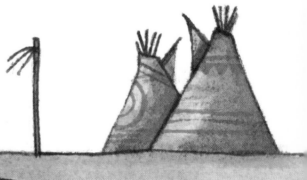

Mientras hablaba, pensaba en la madre que le hizo
el muñeco, en el padre que trajo las plumas azules.
Pensó en el abuelo y la abuela a quienes nunca conoció.
Todos eran como sombras. Parecía que había pasado
mucho tiempo desde que se murieron de hambre.
El Pueblo le dio su nombre y le cuidó.
El muñequito guerrero era lo único que le quedaba
de aquellos días lejanos.

"El sol se está poniendo," dijo el mensajero mientras corría por el campamento. "El sacerdote está regresando." El Pueblo se situó en un círculo y el sacerdote habló.

"He oído la voz de los Grandes Espíritus," dijo.
"El Pueblo se ha vuelto egoísta.
Por años, han tomado de la Tierra sin devolverle nada.
Los Grandes Espíritus dicen que el Pueblo debe ofrecer
un sacrificio. Debemos quemar lo más valioso que
podemos ofrecer. Las cenizas de nuestra ofrenda
deberán ser desparramadas a los cuatro puntos de la Tierra,
el Hogar de los vientos. Una vez que el sacrificio
se haya consumado, acabarán la sequía y el hambre.
¡Volverá la vida a la Tierra y al Pueblo"!

El Pueblo elevó un canto de agradecimiento a
los Grandes Espíritus por decirle lo que debía hacer.

"Estoy seguro que no es mi arco lo que desean
   los Grandes Espíritus," dijo un guerrero.
"O mi preciada manta," agregó una mujer, mientras todos
   se metían en sus tipis o tiendas para hablar y pensar en
   lo que habían pedido los Grandes Espíritus.

Es decir, todos menos La-muy-sola. La niña abrazó
su muñeco muy fuerte contra su corazón.
"Tú," dijo mientras miraba su muñeco.
"Tú eres lo más valioso que tengo.
Es a ti a quien quieren los Grandes Espíritus."
Y ella supo lo que debía hacer.

Cuando la hoguera del consejo se extinguió
y las alas de las tiendas comenzaron a cerrarse,
la niñita regresó a su tipi, para dormir y esperar.

Afuera, reinaba un profundo silencio en la noche excepto
el sonido distante del pájaro nocturno de las alas rojas.
Muy pronto todo el mundo se quedó dormido
en las tiendas, menos La-muy-sola.
Un leño todavía ardía entre las cenizas de la hoguera del tipi.
La niña lo cogió y se deslizó hacia la noche.

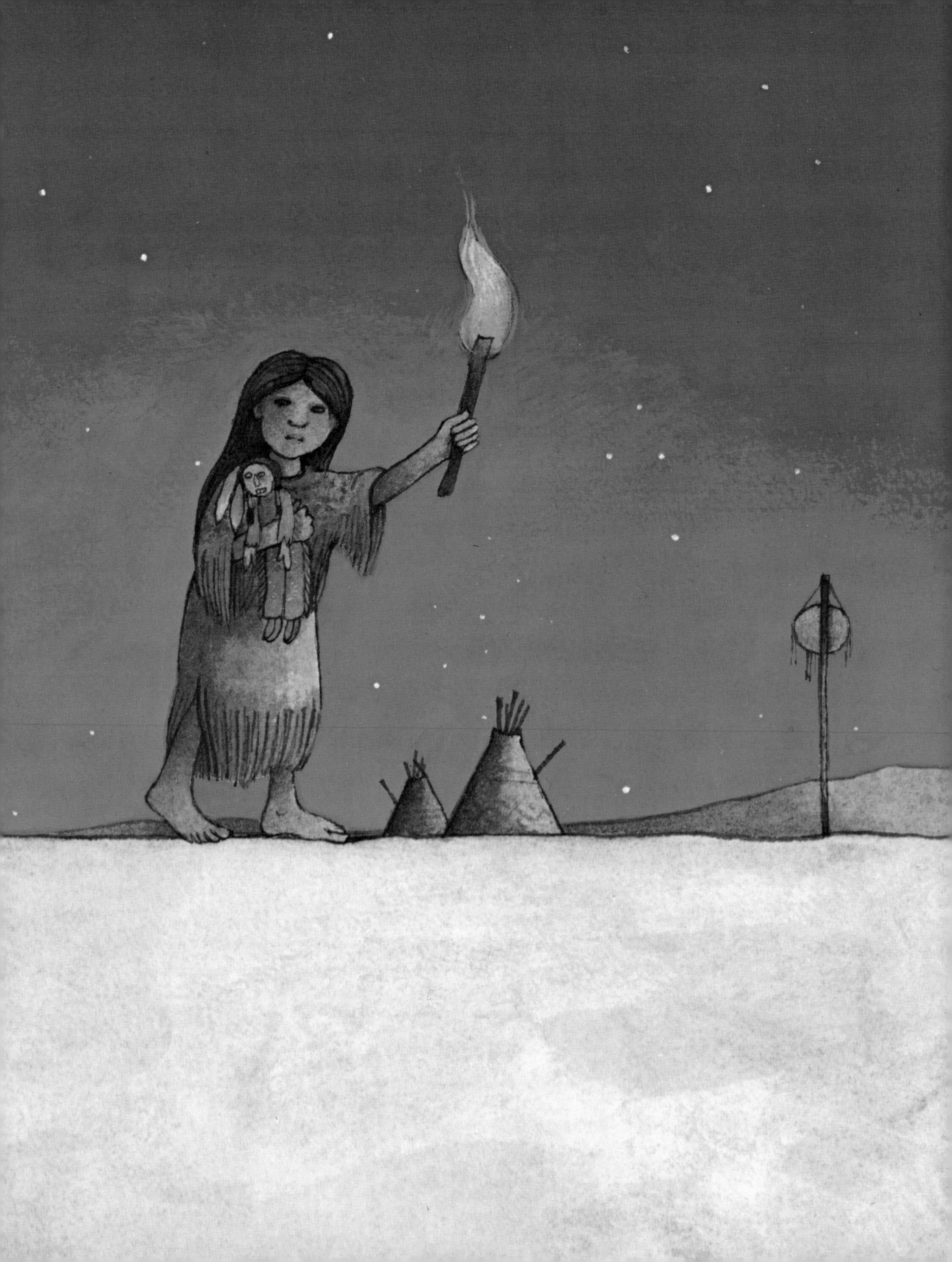

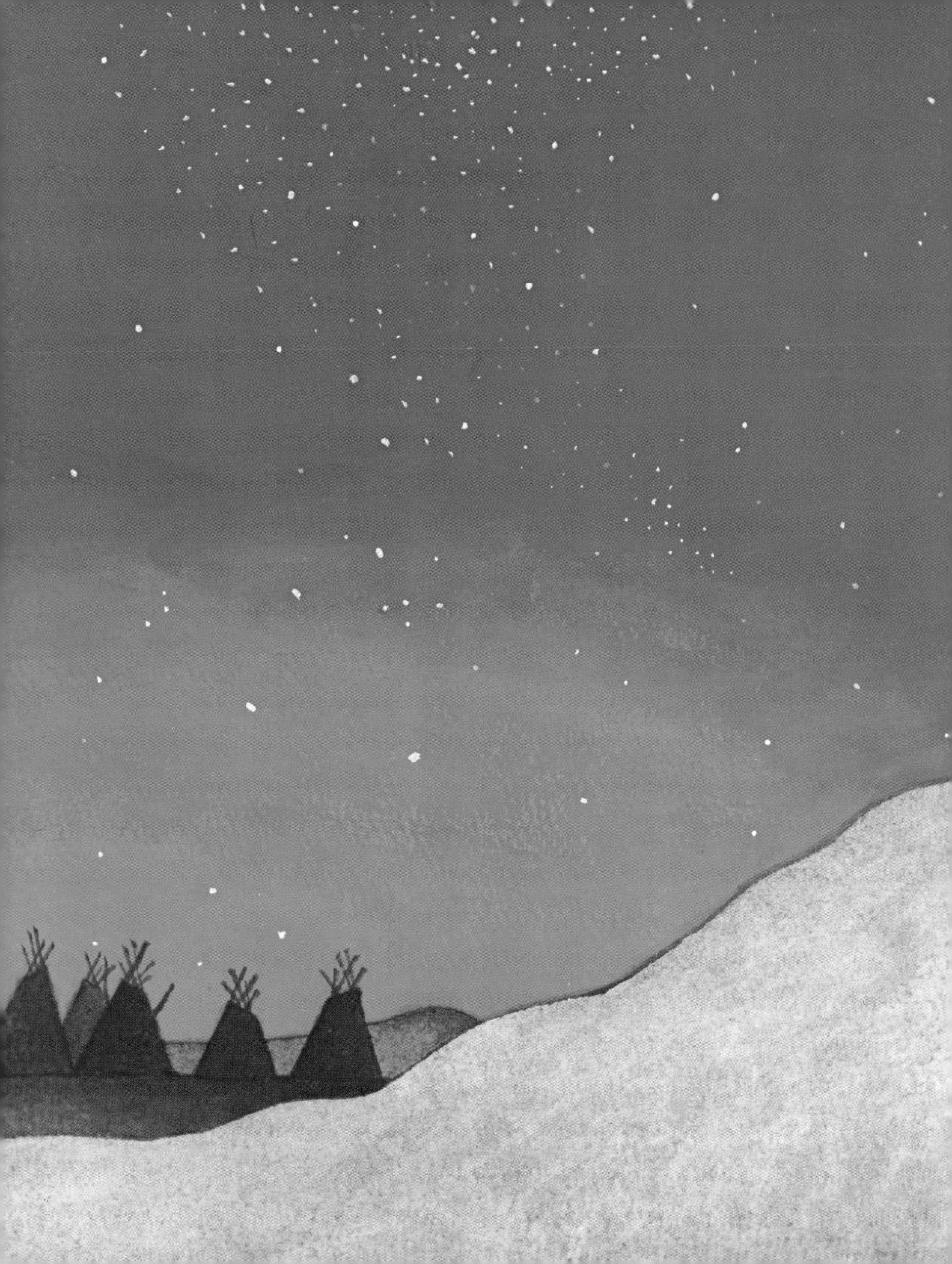

Corrió hacia el monte, al lugar donde
los Grandes Espíritus hablaron al sacerdote.
El cielo estaba lleno de estrellas pero no había luna.
"Oh Grandes Espíritus," dijo La-muy-sola,
"aquí tienen mi muñeco guerrero. Es lo único que
me queda de mi familia que murió de hambre.
Es lo más valioso que tengo. Por favor, acéptenlo."

Luego, cogió unas ramitas y prendió
una hoguera con el leño encendido.
La niña vio como las ramitas se encendieron
con las chispas y comenzaron a arder.

Pensó en su abuela y su abuelo,
en su mamá y su papá y todo el Pueblo—
en su sufrimiento, su hambre.
Y antes de que pudiera arrepentirse,
arrojó su muñeco al fuego.

Se quedó mirando hasta que las llamas
se apagaron y las cenizas se enfriaron.
Luego, La-muy-sola cogió un puñado de cenizas
y lo desparramó por el Hogar de los vientos,
por el norte y el este, por el sur y el oeste.

Y allí mismo se quedó dormidita
hasta que la despertó el sol de la mañana.

Miró por todo el monte,
y por todas partes, donde habían caído las cenizas,
el suelo se hallaba cubierto de flores—hermosas flores,
tan azules como las plumas prendidas al cabello del muñeco,
tan azules como las del azulejo que canta "ey-ey-ey."

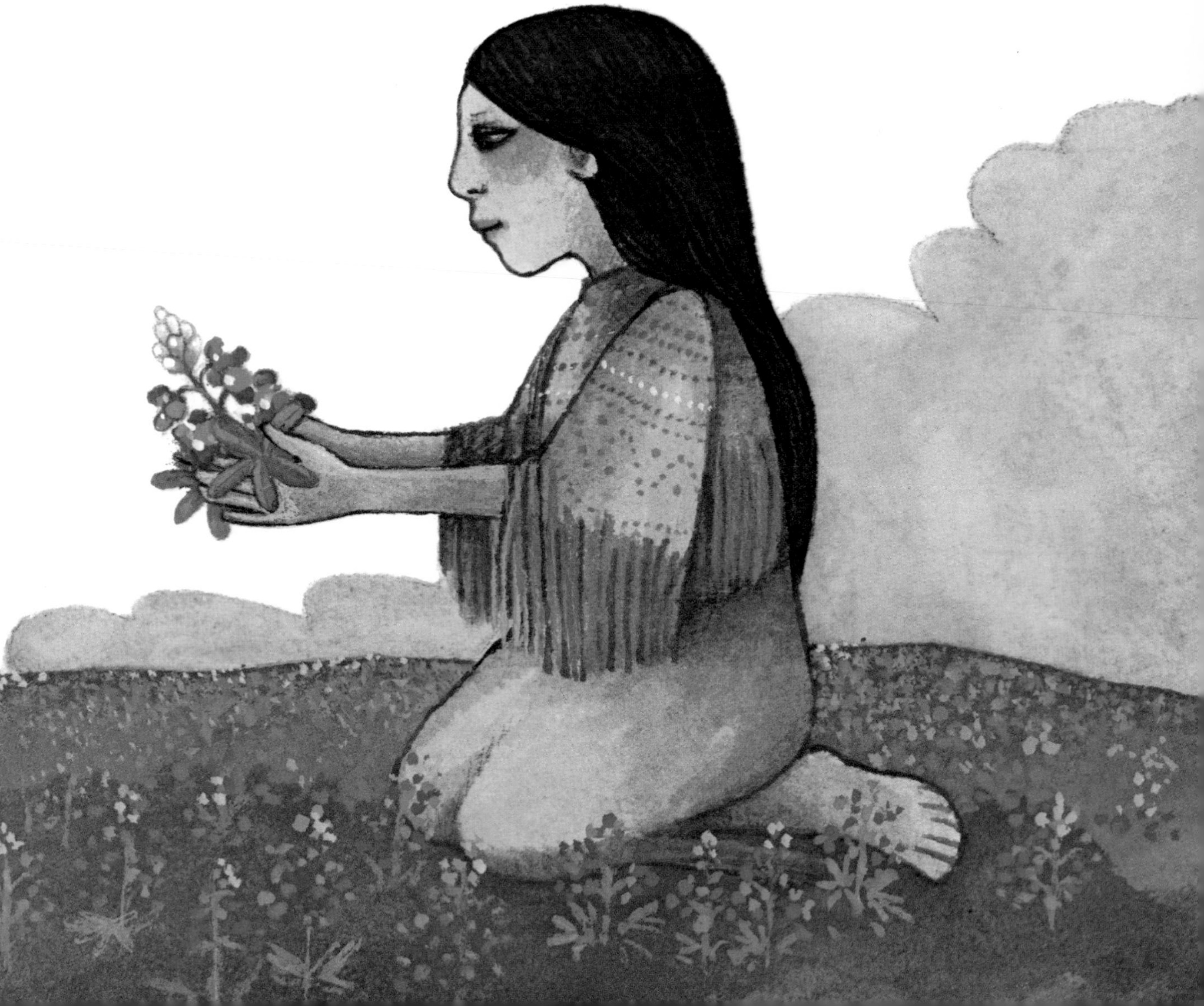

Cuando el Pueblo salió de sus tiendas,
no podía creer lo que veía.
Se reunieron en el monte junto a La-muy-sola
para observar esa visión milagrosa.
No cabía ninguna duda,
las flores eran una señal de que
los Grandes Espíritus les habían perdonado.

Y mientras el Pueblo cantaba y bailaba
para agradecer a los Grandes Espíritus,
comenzó a caer una tibia lluvia
y el suelo volvió a cobrar vida.
A partir de ese momento,
la niñita fue llamada por otro nombre—
"La-que-amaba-mucho-a-su-pueblo."

Y cada primavera,
los Grandes Espíritus recuerdan el sacrificio de
la pequeña y llenan los montes y valles de la tierra,
que ahora se llama Texas, con las hermosas florecillas azules.

Hasta el día de hoy.

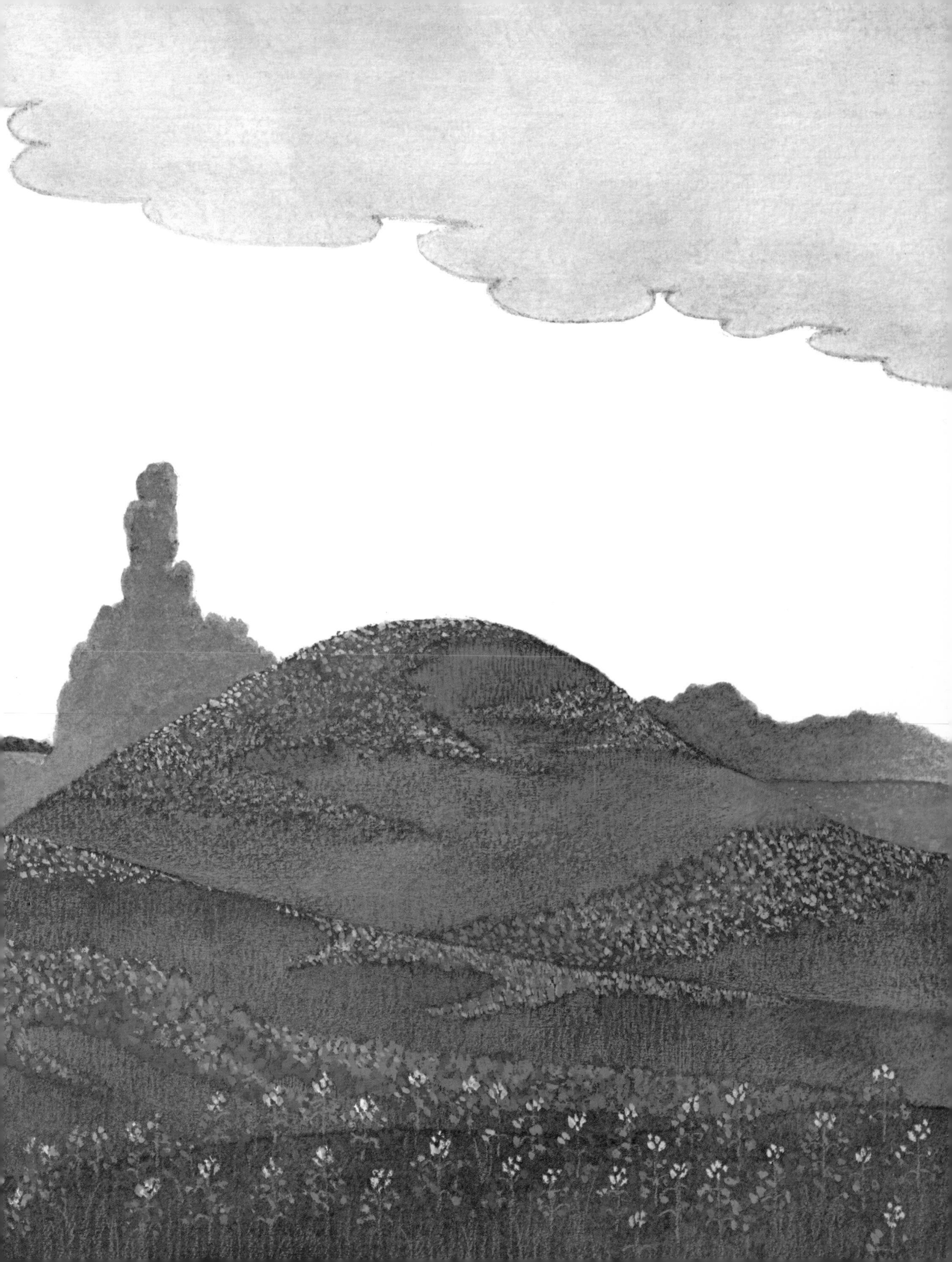

Nota del Autor

La flor "El Conejo" es una clase de altamuz o lupino silvestre. En inglés se le conoce por muchos otros nombres como Buffalo Clover (trébol de búfalo) y Wolf Flower (flor de lobo) aunque el nombre Bluebonnet, que quiere decir "gorro azul," es el más conocido. Probablemente este nombre se hizo popular cuando el colono blanco se mudó a Texas. Las hermosas florecillas azules, que crecían silvestres por los prados, se parecían a los gorros que usaban muchas de las mujeres para protegerse del fuerte sol de Texas.

La idea de crear un libro para niños basado en el origen de la flor de Texas me vino de Margaret Looper, una consultora de lectura en Huntsville, Texas. Recoger material folklórico es siempre muy interesante, pero lo es más cuando la sugerencia de interesarme por una leyenda viene de una amiga. Margaret me envió una versión y no puedo agradecerle lo suficiente, ya que me sentí inmediatamente atraído hacia ella.

Luego, con incansable empeño, Margaret me mantuvo abastecido con cuanta versión pudo conseguir; y durante un largo invierno en New Hampshire, mi buzón se llenó con información y fotografías de la bellísima flor silvestre de la primavera. Margaret también me ayudó a conseguir información sobre el Pueblo Comanche, especialmente detalles de su vida primitiva en Texas, antes de que le fuera imposible a este valiente pueblo compartir la tierra con los colonos, y fueran expulsados o tuvieran que escapar.

Cuando se escribe un libro basado en una leyenda sobre gente real, se hace necesario encontrar la mayor información posible sobre sus costumbres y forma de vida para poder presentar una imagen lo más fiel posible.

Mientras se investiga, uno se encuentra con información fascinante. Uno de los puntos especialmente interesantes para mí fue el hecho que el Pueblo Comanche no conocía el concepto de un solo dios o un Gran Espíritu. Ellos adoraban muchos espíritus por igual y cada uno representaba un artificio o una acción. Invocaban al Espíritu del Ciervo para la agilidad, al Espíritu del Lobo para la ferocidad, al Espíritu del Aguila para la fuerza y al importante Espíritu del Búfalo para que les mandara el búfalo para la caza. El Espíritu del Cuervo era un mal espíritu. Por eso, en mi cuento, El pueblo invoca a los Grandes Espíritus colectivamente.

A pesar de que la leyenda de "El Conejo" trata del origen de una flor, para mí se trata más del coraje y el sacrificio de una jovencita. La acción de La-muy-sola de arrojar su querido muñeco a las llamas para salvar a su pueblo representa la clase de gesto decisivo que muchos jóvenes son capaces de hacer, la clase de acción desinteresada que crea milagros.

T.deP.